n "Patrie"

HENRY FRICHET

La Bataille

de

L'OURCQ

20 c.
Le récit complet
illustré

2375 C

F. ROUFF, Éditeur

LA
Bataille de l'Ourcq

DANS LE CABINET DU GÉNÉRAL GALLIÉNI

2 septembre 1914.

Le Gouverneur militaire de Paris se promène à grands pas dans son cabinet. Son visage ne reflète ni inquiétude, ni joie; on chercherait vainement dans les yeux bleu d'acier qui brillent derrière des lunettes d'or, la plus légère émotion. La volonté qui commande impérieusement aux nerfs de cet hommes d'action, lui a fait un masque d'impassibilité absolue.

Il appuie sur un timbre.

Un soldat de planton ouvre la porte.

— Le capitaine Letellier est-il là?

— Oui, mon Général.

— Dites-lui de venir me parler.

L'officier entre, fait le salut militaire et reste immobile.

Le général Galliéni cnotinue à arpenter son cabinet de long en large; tout à coup, se tournant vers Letellier, il lui demande sur un ton particulièrement affectueux :

— Vous êtes sorti en ville aujourd'hui, mon ami, quoi de nouveau?

— Les aéroplanes allemands survolent la place de l'Opéra, le Luxembourg et font tomber des bombes, une a éclaté sur Notre-Dame.

— Je sais... Ensuite...

Mon Général, depuis le départ du Gouvernement à Bordeaux, près d'un million de Parisiens affolés ont fui la capitale; ceux qui restent se demandent, s'il ne vaudrait pas mieux, plutôt que d'engager une lutte sanglante et inutile, laisser entrer l'ennemi et lui offrir la paix. Quelques ardents patriotes voudraient se défendre à outrance, essayer une bataille des rues, mais à quoi bon lutter? répliquent les esprits réfléchis. Paris, est lugubre; il porte déjà son propre deuil... Tous les regards sont tournés vers vous... vous représentez la dernière lueur d'espoir!...

Un instant, le gouverneur militaire resta silencieux, puis il dit au capitaine :

— Je dois rétablir l'ordre dans tous ces cœurs ardents, les satisfaire, leur donner appui et certitude.

Et allant s'asseoir à son bureau, il écrivit d'un trait :

« Armée de Paris,

« Habitants de Paris,

« Les membres du Gouvernement de la République ont quitté Paris pour donner une impulsion nouvelle à la défense nationale. J'ai reçu mandat de défendre Paris contre l'envahisseur, ce mandat je le remplirai jusqu'au bout. »

Voilà, mon cher capitaine. Jetez cette parole partout, faites-là afficher sur tous les murs.

Oui, je le défendrai Paris, mais peut-être Paris ne sera-t-il pas attaqué, ajouta-t-il avec un léger sourire.

« Drinn ». — Un coup de téléphone.

— Allo!

— Allo! du Raincy. Grand quartier général.

— C'est vous, mon cher Généralissime.

— Non. Lieutenant-colonel B. L'ennemi est entré dans Amiens. Le télégraphe et le chemin de fer sont établis avec Grammont. Des effectifs considérables sont passés près de Huy regagnant l'Allemagne pour faire face aux Russes.

Les Allemands avancent toujours à l'ouest?

— Ils approchent de Compiègne. Avant deux jours, ils seront à vos portes.

— A nos portes, peut-être, mais ils n'entreront pas, j'en réponds...

« Drinn ». Nouvel appel au téléphone.

— Le Ministre de la Guerre. Bonsoir, mon cher Gouverneur.

— Bonsoir, Monsieur le Ministre. Vous avez fait bon voyage?

— Très bon, je vous remercie. Veuillez visiter dès ce soir, les ouvrages qui composent la défense du camp retranché de Paris. Au total, 40 forts, n'est-ce pas? appuyés par des batteries annexes et des redoutes. L'ennemi n'est plus qu'à quelques kilomètres.

— Monsieur le Ministre, la première couronne de forts est à 12 kilomètres de l'enceinte des fortifications et les forts les plus éloignés à 21. Nous sommes donc à l'abri du bombardement: l'artillerie la plus puissante ne pourra lancer un seul obus sur Paris. Cependant toutes les précautions sont prises en prévision d'une attaque brusquée.

— Très bien. Téléphonez-moi d'heure en heure, je vous prie.

Le Gouverneur se leva, endossa sa pelisse, puis il dit à Letellier :

— Je vais constater moi-même encore une fois si nos forts sont suffisamment approvisionnés de munitions. Vous, hâtez-vous d'aller porter les ordres qui sont sous ce pli aux colonels des régiments stationnés aux Invalides et à la caserne de La Tour-Maubourg. Voyez les commandants de ces unités et si les notes rédigées un peu trop hâtivement nécessitaient des explications complémentaires, vous les donneriez. Nous avons travaillé ensemble, vous connaissez mes volontés, vous les interpréterez donc d'une façon absolument conforme à mes intentions. Je compte sur vous... Les alentours de la Porte Maillot seront complètement dépavés, et l'on construira de nouveaux abris. Faites placarder que par ordre du Gouverneur militaire, les voitures automobiles ne pourront plus sortir de Paris à partir du 3 septembre à 7 h. 1/2 du soir. C'est bien entendu?

— Oui, mon Général.

LE CAPITAINE LETELLIER... A TRAVERS PARIS

SEIZE ans auparavant, Letellier avait été attaché, comme lieutenant, au Gouvernement général de Madagascar et il avait gardé une admiration sans réserve comme un dévouement sans borne pour le chef resplendissant de valeur qui l'avait honoré de sa confiance et de son amitié. Mille souvenirs communs les unissaient et toute la reconnaissance du jeune capitaine allait au général Galliéni. L'ancien gouverneur de Madagascar avait, en effet, rendu à Edmond Letellier un de ces services qu'un cœur honnête n'oublie jamais parce qu'il semble que la dette de gratitude contractée à l'égard du bienfaiteur ne pourra jamais s'éteindre.

Blessé à la bataille de Charleroi d'un éclat de shrapnell au sommet du crâne, le capitaine Letellier avait encore la tête enveloppée d'un bandeau, cependant la convalescence avait été si rapide qu'après seulement quelques jours de soins au Val-de-Grâce, cet officier était allé offrir spontanément ses services à son ancien chef et celui-ci qui connaissait la valeur et le dévouement de Letellier l'avait attaché aussitôt à son cabinet militaire en qualité de secrétaire particulier.

Paris pris par les Allemands? Non! pensait Letellier, c'est impossible. Galliéni est plus fin que tous les Boches réunis.

Cependant, une fois dehors, Letellier fut distrait de ses réflexions par le spectacle de la grande ville.

La nuit tombait.

Le mouvement fiévreux et toutes les rumeurs de l'immense cité avaient fait place à un silence austère et inquiétant. Sous la pluie légère comme un voile de mousseline, les rues vides, mal éclairées, apparaissaient d'une longueur indéfinie. Les boutiques étaient fermées. On eût dit d'une nécropole.

Et l'on sentait planer partout une angoisse d'autant plus poignante qu'elle ne se manifestait par aucun cri, par aucun geste.

Baoum! D'rimm! Des obus viennent d'éclater rue du 4-Septembre, rue de la Michodière, rue Joubert, à la station du métro: Berlin.

Mince! fait un gavroche en claquant des doigts. Les poules boches ont encore pondu des œufs à musique.

Le ciel est sillonné sans cesse d'immenses rayons blancs qui jaillissent en fuseaux éclatants pour s'élargir et se perdre dans les profondeurs des ténèbres : ce sont les projecteurs électriques qui, partis de la Tour Eiffel et des différents postes optiques, percent l'obscurité et fouillent les nuages en les éclairant les uns après les autres.

A quelques pas devant le capitaine marchaient deux messieurs assez âgés qui échangeaient leurs idées sans se douter que dans le grand silence, leurs paroles étaient entendues à une distance de plusieurs mètres.

— Nous vivons les heures les plus solennelles, les plus ter-

rifiantes de l'Histoire, disait l'un d'eux. L'invasion des Huns au
IV° siècle, celle des alliés en 1814, celle des Prussiens en 1870
ne sauraient être comparées à cette avalanche d'hommes et de
canons qui se précipitent en ce moment sur Paris par toutes les
routes. Demain, peut-être, il n'y aura plus de France!

— Oui, répliquait l'autre. Nous traversons de tristes jours.
Les Allemands sont à nos portes. J'étais bien petit en 1870 quand
je vis arriver les casques à pointe. Je ne croyais pas les revoir
un jour. Être humilié une seconde fois, c'est trop!

— Que voulez-vous, mon cher, on croyait à la fraternité
universelle, ah! que le diable emporte tous ces rêveurs.

Letellier ne put s'empêcher de rejoindre les deux interlocu-
teurs et de leur dire :

— Je vous demande pardon de m'immiscer dans votre conversation, mais je ne puis résister au désir de vous confier que,
malgré la retraite, malgré nos désastres, plus apparents que réels,
je reste très optimiste. Impossible de vous révéler ce que je sais;
toutefois soyez assurés que rien n'est encore perdu; de beaux
jours luiront encore pour la France...

— Cependant, fit observer l'un des deux messieurs, on démo-
lit à la dynamite les maisons édifiées sur la zone militaire. On
abat les arbres qui serviront de barricades. Je sais : Paris va se
défendre, avec une énergie désespérée. Hélas! comment résis-
tera-t-il?

— Vous le saurez bientôt. En attendant, ne doutez pas de
l'héroïsme de nos soldats ni de la valeur de nos chefs.

Et Letellier ayant serré la main aux deux noctambules, descendit l'avenue des Champs-Élysées, puis, après avoir traversé la
Concorde, chemina le long des quais.

En passant devant la gare d'Orléans, il vit une file intermi-
nable de gens qui faisaient la queue.

Depuis la veille, ils attendaient debout, patients, éreintés,
leur tour de passer au guichet pour avoir le billet qui ne sera
valable que dans six ou huit jours tant les trains étaient restreints
et le nombre des voyageurs sans cesse grandissant.

Et quel trajet!

Ils mettront deux jours pour faire peut-être moins de cent
kilomètres restant en souffrance parfois en pleine campagne pour
laisser passer les convois qui portent au front les soldats ou les
munitions ou ceux qui ramènent des blessés qui en reviennent.

Et non seulement personne ne récriminait mais toute cette foule bavardait, plaisantait, avait l'air de bonne humeur. On aurait dit presque qu'elle s'amusait.

A VINGT-DEUX HEURES

QUAND Edmond Letellier eût achevé sa mission, il était dix heures du soir et les bureaux du Gouvernement militaire n'avaient guère perdu de leur fiévreuse activité.

Des officiers et quelques secrétaires d'Etat-Major de service de nuit veillaient, silencieusement penchés qui, sur des cartes, qui, sur des rapports ou des notes de service que des plantons apportaient d'instant en instant.

Letellier entra dans une petite pièce attenante à celle du gouverneur et se mit à étudier attentivement la situation militaire à l'aide des nombreux documents qui étaient à sa disposition.

Par la trouée de l'Oise, les deux armées Kluck et Bulow (1e et 2e) lançaient 520.000 soldats allemands sur l'Ile-de-France : la première, descendant sur la droite de l'Aisne, semblait se précipiter sur Paris; la seconde, un instant accrochée à Guise, s'élançait, sans prendre haleine, dans la direction d'Epernay.

Les témoins disaient que les Allemands passaient comme un rouleau.

Hansen qui, avec la 3e armée, forte de 120.000 hommes, avait pénétré en France par la rive droite de la Meuse, marchait de Rethel sur Châlons.

La 4e armée, commandée par le duc de Wurtemberg, dont le général Langle de Cary n'arrivait pas à briser l'élan, avançait sur Sedan, cependant que la 5e armée, sous les ordres du Kromprinz impérial lui-même, forte de 200.000 hommes, après avoir contourné Verdun vers le nord passé la Meuse, et en partie franchi l'Argonne, descendait vers les vallées de l'Ornain et de la Basse-Saulx.

Ces armées, par marches forcées, doublaient les étapes, imbues de cette idée qu'avant toutes choses, il fallait « faire vite », écraser la France en quelques jours avant que la Russie fut réellement à craindre et que « la méprisable petite armée anglaise » ait eu le temps de s'organiser.

Sous le brûlant soleil d'août, les Boches, ivres d'orgueil et de vin, donnaient la chasse aux Français en sonnant déjà l'hallali. Dans les pays où ils cantonnaient, les Barbares incendiaient, violaient, fusillaient, pillaient les garde-manger, faisaient sauter les tiroirs, emportaient tout ce qu'ils pouvaient charger sur leur sac ou sur le paquetage de leur selle. En Champagne, ils se livraient à des exploits bachiques qui resteront légendaires dans les annales de la goinfrerie et de l'ivrognerie les plus bestiales.

Les rapports disaient que « ce torrent d'hommes roulait de gros canons écrasant sous leurs roues, viandes gâchées, objets brisés, bouteilles vides. »

— Ah! les saligauds, pensa tout haut Letellier. Ils se croient déjà à la curée. Paris les fascine. Ils marchent, ils marchent... Ils croient courir au Moulin-Rouge.

Nous verrons bien!

AU TELEPHONE

Tout-à-coup retentit une sonnerie de téléphone.

Un planton entre en coup de vent dans le cabinet de Letellier.

C'est du Raincy, dit-il, du grand quartier, on veut parler au gouverneur.

— Qui téléphone? Le général Joffre?

— Non, mais un officier d'Etat-Major.

Le général gouverneur qui, à minuit, tombait de fatigue s'était jeté sur un lit de camp installé près de son bureau. Il dormait à poings fermés. Devait-on troubler son repos?

On discutait encore, que Letellier était allé déjà réveiller son chef.

D'un bond, le général Galliéni fut debout. Deux secondes après, il avait en main le récepteur du téléphone.

— Allo!

— Allo! C'est vous, mon cher Colonel X?

— Oui, mon Général.

Le gouverneur de Paris fit un geste que Letellier traduisit aussitôt en s'emparant de l'autre récepteur de l'appareil, cependant qu'armé d'un crayon, il s'apprêtait à sténographier la conversation qui allait avoir lieu.

L'armée allemande, dit le colonel, semble renoncer à attaquer au nord le camp retranché de Paris; elle oblique et se dirige sur Meaux et la Ferté-sous-Jouarre.

— Ainsi la barrière contre l'invasion qui n'a pu se former à temps sur la Sambre ni sur l'Oise, est donc maintenant établie entre la Marne, la Seine et l'Aube? demanda le gouverneur.

— Parfaitement! Le généralissime fixe, sauf imprévu, l'extrême limite du mouvement de retraite à une ligne : Bray-sur-Seine, Nogent-sur-Seine, Arcis-sur-Aube, Vitry-le-François et le nord de Bar-le-Duc.

— Allo!

— Allo! On télégraphie à l'instant que le 2° corps allemand venant de Nanteuil rejoint sur la Marne le 9° corps ennemi chargé avec le 4° de réserve de maintenir le contact avec les Anglais en retraite. Nous avons actuellement la certitude que l'ennemi abandonnant le nord de Paris, marche au sud-est sur la concentration qui s'est faite entre la capitale et Verdun.

— Très bien! puisque Von Kluck me dédaigne, je donne l'ordre à Maunoury d'attaquer avec ma 6° armée, massée au nord-ouest de Paris et soutenu par les Anglais, le flanc droit allemand.

— Je n'ai rien à ajouter, Monsieur le Gouverneur.

A ce moment, le général Joffre entra en communication directe avec le général Galliéni qui lui annonça ce qu'il comptait faire.

— Vous êtes prêt? demanda le généralissime.

— Oui, et je vais me porter moi-même aux avant-postes, mais puisque vous et moi interprétons le changement de direction des troupes allemandes comme une manœuvre destinée à l'enveloppement de l'armée anglaise et de notre 5° armée formant l'aile gauche de nos forces, je donne à Maunoury l'ordre écrit suivant :

« En raison du mouvement des armées allemandes qui parais-
« sent glisser en avant de notre front dans la direction du sud-est,
« j'ai l'intention de porter notre armée en avant dans leur flanc,
« c'est-à-dire dans la direction de l'est, en liaison avec les troupes
« anglaises... Prenez, dès maintenant, vos dispositions pour que
« vos troupes soient prêtes à marcher cet après-midi et à entamer
« demain un mouvement général dans l'est du camp retranché. »

La conversation au téléphone se prolongea longtemps.

Point par point, le plan de la bataille fut établi.

Il n'y avait pas une minute à perdre ou plutôt la minute qui s'écoulait, il fallait la saisir. La belle occasion de vaincre, attendue par Joffre, s'offrait enfin.

Que s'était-il passé dans les délibérations du grand Etat-Major allemand pour changer ainsi brusquement de tactique?

Sans doute, l'ennemi ne voulait pénétrer dans Paris qu'après s'être défait des forces françaises. Eut-il tort ou raison? Beau sujet d'éternelle discussion entre les stratégistes, mais qui finira toujours par l'éloge de Joffre, de Galliéni et de Maunoury.

LES ADIEUX

Quand le capitaine Letellier eut remis au net le message téléphonique, quand, sous la dictée rapide du gouverneur, il eut rédigé jusqu'au matin une quantité considérable d'ordres et de notes de service, il demanda au général gouverneur de vouloir bien le relever de ses fonctions et de l'autoriser à reprendre le commandement de sa compagnie; la division dont son régiment de chasseurs faisait partie devant assurer la liaison de la 6e armée avec l'armée anglaise.

— Ma blessure est guérie, dit-il, ma place est au milieu de mes soldats!

— Vous voulez me quitter, répondit le général tristement. Soit, partez! un garçon comme vous est toujours au danger comme à l'honneur et je ne serais ni un bon chef, ni un bon ami si, égoïstement, je vous privais d'une occasion de servir la France de tout votre courage. Quant à moi, l'état de ma santé est très mauvais depuis quelques temps. N'en parlez à personne, à personne, vous m'entendez! Ce que je souffre, ce que je prévois... tout le monde l'ignore, cela se passe entre mon sabre et ma cocarde... Je vous demande pardon de vous faire de la peine, mais si je ne devais plus vous revoir... Allons, pas d'émotions inutiles. Nous sommes des hommes, nous savons regarder l'ennemi en face quel qu'il soit, la mort aussi! C'est égal, ça n'est pas drôle de finir bourgeoisement dans son lit. J'aurais tant voulu mourir sur un champ de bataille, en soldat!

— Mon Général, je ne veux plus vous quitter, fit Letellier en étouffant mal un sanglot.

— Non, mon enfant allez à votre devoir, mais je voulais vous dire avant de nous séparer, que vous ne m'avez donné que des joies. Allons, embrassez votre vieil ami.

Letellier se jeta dans les bras du Gouverneur et après une chaude étreinte, les yeux humides, sans tourner la tête, titubant un peu, il ouvrit la porte et s'engouffra dans un vaste corridor où quelques rares plantons somnolaient en lisant les journaux du matin.

LES CONFIDENCES DE LETELLIER

Une fois dehors le jeune capitaine fit un effort pour ne pas pleurer.

Il descendit le boulevard des Invalides, s'arrêta à un bureau de poste où il rédigea un bleu à l'adresse de sa femme, lui disant de venir le retrouver pour déjeuner ensemble. Ensuite, comme il avait besoin de prendre l'air, il erra assez longtemps du côté des Champs-Elysées.

Entre les deux Palais, les jardiniers arrosaient les gazons; les fleurs, fraîchement lavées, souriaient au soleil matinal, les arbres de l'avenue reverdissaient.

Sous les arcades de la rue Saint-Honoré, rue Royale et sur les boulevards, Anglais, Highlanders, Chasseurs, Zouaves, Turcos faisaient sensation et Letellier avec sa croix de la Légion d'honneur, ses médailles coloniales, sa blessure qu'il portait allègrement, sa tournure élégante et surtout son visage énergique et fin, ne manquait pas de produire une impression très favorable.

Fatigué de marcher, il s'assit un instant à une terrasse de café encombrée de consommateurs.

Un fantassin, sac au dos, le flingot entre les jambes était invité à se rafraîchir par un cercle de pékins avides de nouvelles. Peau, capote, jambières, souliers, tout ce soldat était terni, décoloré, poudré de la poussière des routes et des fumées de poudre. On attendait discrètement qu'il eût bu avant de l'interroger. Mais le bock vidé, au nez de l'auditoire déconfit, le pauvre gars inconscient, exténué, s'affala subitement les

— Nous avons travaillé ensemble... (p. 3).

coudes sur la table, et, à deux poings fermés, il s'endormit d'un sommeil de plomb.

Une fois les rires éteints, ce furent les propos habituels, racontars plus ou moins fous de ces journées anxieuses.

« La forêt de Compiègne flambe.

« Vous savez, le formidable facteur de lord Kitchner, c'est la poudre à Turpin.

« Les cosaques sont venus par la mer Blanche. J'en ai vu passer tout un détachement. Ce sont des types épatants! »

Une silhouette de femme blonde infiniment gracieuse fit son apparition devant la terrasse du café et son visage qu'une petite moue d'inquiétude crispait un peu, s'éclaira soudain en reconnaissant Edmond Letellier.

— Quelle joie! mon ami, fit-elle en s'asseyant, rose de plaisir, auprès d'Edmond.

— Et quelle paix, Louise, quelle douceur infinie lorsque tu es près de moi!

Ils parlèrent des heures lourdes de la séparation, de la guerre, de mille choses, hormis de leur amour, mais n'est-ce point le plus souvent ce que l'on ne dit pas qui est intéressant?

— Comme il est bon! combien je suis heureuse, pensait Louise.

Lui songeait qu'il faudrait dans quelques instants lui annoncer son départ pour le front, et il retardait le plus possible le moment douloureux de cette confidence. Il avait voulu d'abord lui apprendre la chose tout de suite afin d'en être débarrassé, puis il décida que ce serait pour après le repas. Avant, elle ne mangerait pas, et voir pleurer sa femme était au-dessus de ses forces. Toute la journée — leur dernière journée passée ensemble — en serait gâtée. On a toujours le temps de faire de la peine.

Edmond éprouvait-il pour Louise ce que les romanciers sont convenus d'appeler de l'amour? Il n'aurait su le dire. Ce qui était certain, c'est qu'il avait pour cette jeune femme une tendresse profonde et sa confiance en elle était illimitée. Louise était la confidente de ses pensées, sa conseillère très sage, l'amie charmante et dévouée de tous les instants. Sûrement, il l'aimait beaucoup plus qu'il ne se l'avouait à lui-même. Son âme délicate se croyait sceptique. Ce brave garçon ignorait qu'il avait bon cœur. Ils s'assirent à côté l'un de l'autre pour déjeuner.

Edmond dit à Louise :

— Je viens d'avoir une entrevue très émouvante, avec le général Galliéni. Je viens de lui dire : adieu.

— Oh! Pourquoi?

— Écoute : Si je le quitte, c'est que je ne pouvais faire autrement et tu comprendras ma tristesse quand je pense à tous les souvenirs qui m'assaillent. Que serais-je devenu sans lui?

« Mon père, nommé capitaine jeune encore vers 1882, était le fils d'un paysan et n'avait que sa solde pour vivre. Il épousa vers cette époque une orpheline qui avait une petite dot. Ils s'adorèrent et ma naissance ne fit qu'accroître l'affection qui les unissait. Mais ma mère était presque toujours malade et les soins que nécessitait son frêle état de santé firent que d'année en année, on entama un peu plus le modeste capital qui finit par disparaître tout à fait. Mon père, miné par le chagrin, mourut le premier; un mois après, ma mère mourait à son tour. J'étais seul, absolument seul au monde et il n'y avait pas un sou vaillant à la maison. Les officiers du régiment se cotisèrent pour payer les dépenses de l'enterrement.

« J'avais alors huit ans. Je me souviens qu'un sous-lieutenant, ami de mon père, vînt me chercher et me conduisit à la caserne... On ne savait que faire de moi et je fus nourri à la cantine, toujours aux frais des anciens camarades de mon père. Pour ne pas me laisser inactif, on m'employait à de petits travaux, j'épluchais les légumes, je dressais le couvert des sous-officiers. Je m'ennuyais parce qu'on ne m'embrassait plus et puis je pensais à maman.

« Un matin, à l'issue du rapport, le colonel Galliéni, qui commandait alors le régiment, me fit appeler.

« — Mon petit Edmond, me dit-il, en me prenant sur ses genoux, il paraît que tu sais très bien tes leçons, c'est, du moins ce que m'a dit le caporal qui s'occupe de toi. Comme j'aimais beaucoup ton père, je vais te faire incorporer, non pas dans une école d'enfants de troupe, mais au Prytanée militaire où tu apprendras tout ce qu'il faut savoir pour entrer à Saint-Cyr et devenir officier. Si tu es sage, si tu travailles bien, je serai toujours ton ami. Tu partiras après-demain. Embrasse-moi et maintenant va jouer... N'oublie pas de m'écrire tous les quinze jours, je tâcherai de répondre régulièrement à tes lettres.

« Je fus un bon petit élève et je ne manquai pas d'écrire tous les quinze jours au colonel, ensuite au général Galliéni.

Douze ans plus tard, à ma sortie de Saint-Cyr, je partis pour Madagascar auprès de mon bienfaiteur qui me prit avec lui en qualité d'officier d'ordonnance. Je ne saurais assez te dire, mon amie, combien ce chef fut bon pour moi. J'aurais été son fils qu'il ne m'aurait pas témoigné une meilleure, une plus touchante affection.

« Hier encore, il voulait me garder auprès de lui, mais puisque ma guérison est complète, il a compris que mon devoir était de retourner au front avec ma compagnie. Je partirai demain matin... Allons, ne pleure pas, je t'en conjure. Ne m'enlève pas le peu de courage qui me reste. J'ai une si grande peine de vous quitter, lui et toi, si tu savais!

Louise s'essuya les yeux.

— Je serai résignée, mon ami. J'appartiens par toi à la grande famille des femmes qui souffrent pour la France. Tu me donnes un trop bel exemple de courage pour faiblir moi-même et je veux être digne de toi. Et puis tu reviendras et nous nous aimerons longtemps. La tendresse qui t'a manquée, étant enfant, je te la donnerai de toute mon âme et si profonde, si complète, que j'espère bien, un jour, arriver à payer tout l'arriéré du bonheur qui t'est dû.

La journée s'écoula dans un bonheur divin que les angoisses de la séparation aiguisaient encore. A leur amour, se mêlait la pensée de la mort. N'était-ce pas le dernier soir qu'ils passaient ainsi dans la communion de leur immense tendresse? Ils refoulaient au fond d'eux-mêmes la peur, l'effroyable peur qu'ils avaient de ne plus se revoir. Ils parlaient de choses presque indifférentes, car leur silence eut été trop lourd de douleur; ils évitaient même de se regarder afin de ne pas voir leurs pauvres yeux humides, afin surtout de s'épargner la crise de larmes redoutée qui aurait affaibli la confiance qu'ils devaient faire semblant d'avoir l'un et l'autre; ils étaient infiniment heureux et ils souffraient horriblement.

— Je veux paraître courageux, se disait Edmond.

— Il faut que je me montre digne de lui, pensait Louise, mais quand il sera parti, je pleurerai tout mon saoul!...

Ils allaient ainsi au bras l'un de l'autre et cœurs enlacés, le long des quais où régnait une solitude effrayante. On se serait cru dans une ville du moyen-âge à l'heure où sonne le couvre-feu. A peine si l'on entendait dans le lointain le roulement d'une auto ou le pas d'un promeneur attardé rentrant chez lui. Les maisons s'élevaient hautes et sombres, découpant leurs toitures sur la nuit comme du velours noir sur du drap noir. Trois fenêtres seulement étaient éclairées du coin du quai Voltaire au dôme de l'Institut. Pas un fiacre. Les quelques rares lampadaires allumés piquaient l'ombre de points rouges dont le reflet s'allongeait et se dissolvait dans le fleuve comme une larme de sang.

SUR LE FRONT

Dans le train qui l'emportait vers son régiment, Letellier avait presque oublié tout ce qu'il laissait derrière lui. Il n'avait dans la tête qu'une seule idée : vaincre, dans le cœur, qu'un seul amour : la France.

L'armée de Maunoury, à laquelle il avait été versé et réunie dans les environs de Beauvais s'était déplacée le 5 septembre vers l'est.

En rejoignant sa compagnie il fut satisfait du moral des hommes; chacun avait le sentiment de coopérer à une même œuvre : le Salut de la Patrie.

Le capitaine Letellier arrivait précédé d'une grande réputation de courage, et tout de suite il sut se faire aimer de ses hommes.

— C'est un chic type, le capitaine, disait-on derrière son dos.

Ferme, animé d'un grand esprit de justice qui n'excluait pas la bonté, il se dépensait sans compter. Peu ou point de paroles : à la guerre on prêche l'exemple.

Si l'armée ennemie, — armée von Kluck — avançant à marches forcées sur Paris, avait porté subitement sa droite sur Meaux et sa gauche sur Coulommiers et Provins, c'est que ne disposant pas encore d'un parc d'artillerie lourde, le haut commandement ne voulut pas courir les risques d'une attaque brusquée contre les défenses du plateau de Vaujours et préféra rabattre son armée d'aile droite sur l'aile occidentale des armées françaises, dans l'espoir de gagner une grande bataille enveloppante. Seulement, le général von Kluck qui ne pouvait ignorer la présence de forces françaises d'une certaine importance au sud de Beauvais, détacha un flanc-garde sur sa droite dans la région de Meaux, il posta donc son 4e corps de réserve à Dammartin.

Le 5 septembre, sous un soleil torride, l'armée du général Maunoury se lança sur le mince rideau du 4e corps de réserve allemand. L'ennemi, menacé d'enveloppement, fut contraint à une retraite précipitée au nord de Meaux sur Saint-Soupplets, se retranchant fébrilement pour attendre des renforts.

LA JOURNÉE DU 6

L E 6 septembre au matin, les régiments sous les ordres du général Lamaze se mirent en route dans la direction de Montzon.

Le canon grondait depuis la veille sans discontinuer, mais le son devenait de plus en plus fort à mesure qu'on avançait. Même les plus courageux entendaient alors leur cœur battre.

La compagnie de Letellier se dirigeait vers un plateau légèrement incliné. Tout à coup on entend comme un ronflement de tuyau d'orgue. On lève la tête, c'est un avion allemand, deux avions allemands, un troisième survient et laisse tomber une fusée.

— Attention! nous sommes repérés.

— Gare la casse!

— Ça me donne soif, crie un malin.

Mais tous, sans exception, sentent un frisson leur courir sous la peau et ceux-là même qui sont les plus maîtres de leurs nerfs pensent que, d'un moment à l'autre, ils peuvent très bien n'être plus qu'un peu de bouillie sanglante.

« Ouiss » baoum! Premier obus!

— La séance est ouverte, crie un caporal.

— Vavlavoum, pan! Deuxième obus.

— La séance continue, reprend un petit chasseur qui se souvient du mot historique.

— Tu parles comme un député, mon vieux, cours vite à la buvette, on t'a servi un chocolat!

Tremblements convulsifs du sol qui a l'air de se déchirer, sifflements de colère, fumée opaque. Les sections, les escouades sont éparpillées.

— Couchez-vous! crie le capitaine. Couchez-vous donc!

Des balles passent comme un essaim de mouches irritées; puis la fusillade et le bombardement se ralentissent un instant. On se relève et on recommence à avancer.

Primm! clic! on est enveloppé comme d'un claquement de fouet. Un homme chancelle, s'abat. Sa tête a éclaté comme une vessie trop pleine. A côté de lui un chasseur, qui a un éclat de cervelle sur sa manche, essuie sa veste en proférant le mot de Cambronne.

Les obus continuent à pleuvoir. On dirait d'un roulement de tambour. Le bombardement régulier commence à huit cents mètres à gauche de la compagnie par paquets de dix obus et se déplace vers la gauche en arrosant successivement tous les points du terrain.

De tous les côtés, des incendies s'allument. On traverse la Baste puis Iverny, au pas de gymnatique, car ces villages flambent. Çà et là, des fermes saccagées vomissent des débris de meubles et des matelats, par les portes et les fenêtres éventrées à coups de pied et à coups de crosse. Quelques chevaux tués enflent, les jambes en l'air; les sangles ayant sauté sous la pression du ventre distendu. Des cadavres gisent au bord des fossés; quelques-uns couchés sur le dos comme s'ils dormaient, d'autres assis contre l'arbre où ils ont achevé de mourir. Un grand silence dans les plaines dévastées par la rafale. Des poules grattent le fumier ou picorent dans les cours encombrées de pauvres choses gâchées, abandonnées et qui ont pris un aspect lamentable : il y a de tout, une table de cuisine, des instruments aratoires, un berceau, un polichinelle et des pendules qui ne sonneront plus jamais les heures laborieuses et sereines.

Sur la route traînent des résidus de la bataille : sacs, fusils, plats de campement, lambeaux d'uniformes. Une odeur innommable de pourriture et de laine chaude s'épand dans l'air alourdi. Dans de grands trous, des sapeurs du génie ensevelissent les morts.

— Ah! ça a chauffé, disent-ils. Les arbis se sont élancés à la baïonnette comme des fous, mais les boches les attendaient dans leurs autos armées de mitrailleuses. Quelle marmelade! Quelle bouillie! Heureusement nos 75 n'ont pas tardé à jouer aux Allemands un petit air de polka qui les a fait déguerpir comme des lapins.

Tout à coup, voilà nos 75 sur la gauche qui recommencent à fumer et à cracher furieusement sur l'ennemi; chaque coup doit porter car le canon allemand s'est tu subitement et on a l'impression que les boches se disloquent et fuient en quatrième vitesse.

La nuit est venue et l'on campe dans les champs dévastés sous les pas du terrible géant : la Guerre. Les meules sont défaites, les herbes piétinées, les bords de la route et les revers des fossés, écrasés.

Les soldats harrassés, enroulés dans leurs couvertures, se sont endormis avec le sac pour oreiller. Quelques-uns rêvent tout haut. Le capitaine Letellier et ses lieutenant et sous-lieutenants installés sous une toile de tente, supportée par quatre piquets, se sont allongés dans leurs sacs de couchage. Le sous-lieutenant ronfle déjà, le lieutenant dort d'un sommeil d'enfant. Seul Letellier a les yeux grands ouverts; il pense au dévouement de tous ces braves gens affalés dans la plaine et qui mourront demain s'il le faut. L'humanité lui apparaît alors très au-dessus d'elle-même; non plus égoïste, comme elle l'est presque toujours, mais resplendissante de générosité et de grandeur sublime. En vérité, tout le monde veut durer, aller loin dans l'avenir, mais à la guerre chaque soldat, de par sa volonté, mate cette tension de son être vers la vie.

EN AVANT!

L E ciel est rouge. Là-haut, Monthyon projette des lueurs d'incendie. Au petit jour, tout le monde est debout.

L'avance française se produisit d'abord régulièrement. Les allemands, en force insuffisante, pris de flanc, à l'improviste, reculaient, mais, en même temps, ils appelaient des renforts qui s'échelonnaient le long de l'Ourcq et de la Marne pour arrêter l'attaque.

Le général Lamaze, après s'être emparé de Monthyon et de Saint-Souplets, gagnait les villages de Chambry et de Marcilly.

Toutefois entre Barcy et Varrèdes, la résistance allemande fut formidable et les chasseurs à pied, une fois de plus, se couvrirent de gloire.

A la lisière des bois qui dévalent sur la rive droite de la Meuse, l'ennemi a porté une artillerie nombreuse et si bien dissimulée que nos avions n'avaient pu la repérer. Devant cette artillerie s'étend une bande de terrain de trois kilomètres entièrement découverte et traversée par la route qui va de Barcy à Varrèdes.

C'est sur cette route, sur ce terrain, aussi sur le village de Barcy que l'artillerie boche a concentré son tir de barrage.

Reculer? allons donc.

Les chefs ordonnent de s'élancer sur cette nappe de feu.

— En avant!

Chacun fonce avec l'impression qu'il va se briser la tête contre un mur.

— Couchez-vous! Couchez-vous! ordonnent les chefs, car les boches ont commencé à faire jouer leur infernal moulin à café.

— Levez-vous! en avant! commandent à nouveau les officiers.

Tap-tap-tap-tap. Les soldats tombent comme des épis sous la faux du moissonneur, cependant qu'une rafale de marmites nous inflige encore de lourdes pertes.

Le ciel semble une voûte d'acier emplie du sifflement des obus. Des appels, des vociférations, des plaintes, des cris, des jurons, se mêlent au crépitement de la fusillade, des têtes et des membres sautent en l'air.

Tout à coup, nos 75 se mettent à tonner.

— La charge! commande le colonel et les survivants héroïques du terrible carnage partent en hurlant.

Quand Letellier, sortant du vallon où il s'abritait, arriva avec ses chaseurs, il vit la plaine jonchée de centaines et de centaines de cadavres, tous couchés la tête en avant. On eût dit que le même vouloir, le même geste unissaient ces braves jusque dans la mort. Un pareil sentiment de violence et d'ardeur farouche s'imprimait sur tous ces visages exangues, couleur de cire.

Plus un coup de fusil.

Les chasseurs s'élancent au pas de course à cent-cinquante mètres des tranchées boches; Ils dépassent ces tranchées : personne. Puis ils voient des quantités de cadavres allemands.

L'ennemi, battant en retraite sous le feu de nos 75 s'était fait protéger par une petite troupe chargée de défendre la position. Tous les soldats de cette petite troupe s'étaient fait tuer courageusement jusqu'au dernier.

Les Allemands pour ne plus recevoir la pluie d'obus que nous leur lancions, avaient simplement décampé. L'ennemi se dérobait mais n'était pas vaincu.

Pendant ce temps, une forte attaque allemande, appuyée par une puissante artillerie de gros calibre, s'était déclanchée sur le

7ᵉ corps commandé par le général Vaultier et qui était venu renforcer l'armée de Maunoury.

Les régiments de la 63ᵉ division ont perdu un grand nombre de leurs officiers; ils ne sont pas aguerris contre les obus lourds dont l'éclatement les démoralise. En vain les chefs essaient de donner du cœur au ventre à leurs hommes dont l'énergie vacille; ce n'est pas encore le vent de la panique, mais on le sent dans l'air...

Letellier a porté sa compagnie jusqu'à un mamelon couvert d'un bois-tailli où se trouve la batterie alpine et une mitrailleuse. Comment n'a-t-il pas été au moins blessé ce jour-là? C'est un miracle; car trois balles l'ont touché : une a seulement effleuré son étui à revolver, une autre a traversé son béret, une autre a même atteint la crosse du fusil, d'un soldat tué, qu'il avait ramassé pour faire lui-même le coup de feu.

LE COLONEL NIVELLE

LE colonel Nivelle, qui commande l'artillerie du 7ᵉ corps et qui voit ce mouvement de recul s'accentuer, demande et obtient l'autorisation d'agir à son gré dans des circonstances aussi critiques.

— En avant! ordonne-t-il à cinq de ses batteries en se mettant à leur tête.

Les fantassins voient dans le soir qui s'obscurcit, ces cavaliers, ces prolonges, ces caissons passer au galop et se diriger du côté de l'ennemi. Ils s'arrêtent machinalement pour suivre des yeux ces attelages fantômes.

Où vont-ils? N'est-ce pas insensé?

Ils vont entre les deux lignes. Ils ne sont plus défendus. L'artillerie dépassant l'infanterie, cela ne s'est jamais vu. Et voici la mise en batterie et voici un feu d'enfer déchaîné sur l'ennemi.

On ne peut laisser cette artillerie sans soutien.

Les fantassins reprennent confiance, avancent à leur tour.

Sous la voûte de fer ils regagnent le terrain laissé. Et bientôt ce sont eux qui chassent les Allemands décontenancés par ce tir inattendu. Notre progression continue.

— Ça commence à mordre, lui dit le médecin (p. 30).

Von Kluck refoulé vers l'est, bien fixé cette fois sur l'importance de l'armée Maunoury, se trouve vers trois heures de l'après-midi en si mauvaise posture qu'il porte tous ses efforts sur l'Ourcq et demande des renforts de tous les côtés.

Deux corps d'armée (2ᵉ et 7ᵉ) reçoivent l'ordre de repasser la Marne pour venir renforcer le 4ᵉ corps de réserve. Un corps de landweher, cantonné à Compiègne est dirigé droit au sud afin de prendre de flanc à son tour notre 6ᵉ armée. Des troupes fraîches sont appelées de Belgique. Von Kluck par ces décisions rapides, redressa brutalement l'axe du combat, sans quoi, quelle débâcle! Mais le combat ne se rétablit pas en sa faveur et en fin d'après-midi, il est en pleine retraite vers les bois de Meaux, car French et Frenchet-d'Esperey ont passé résolument à la contre-offensive. Avant la nuit l'infanterie anglaise entrait à Coulommiers et prenait position sur les hauteurs entre les deux Morin. Sur la droite de l'armée britannique, notre 5ᵉ armée développe un formidable effort. Dans une lutte épique, les villages sont repris. Le centre de la bataille est à Jouy-sur-Morin.

Maunoury, pour accentuer notre progression, commence un mouvement d'enveloppement. Cette fois, nous sommes moins heureux, nous fléchissons. Il faut dire que l'armée Maunoury se trouvait avoir sur les bras non plus, 40.000 hommes de landweher allemande, mais plus de 80.000 soldats de l'active, en attendant l'entrée en scène du corps de landweher appelé de Compiègne et d'autres renforts déboulant de la Belgique.

Le gros de l'armée de von Kluck, qui a de nouveau passé la Marne et l'Ourcq, intervient violemment et le général Vauthier du 7ᵉ corps attaqué à Clavigny par le 2ᵉ corps allemand et le 4ᵉ corps de réserve, est rejeté jusqu'à Acy-en-Multien.

La bataille est partout d'une rare âpreté. On se dispute avec une ténacité farouche chaque pouce de terrain. L'artillerie boche a beau canonner de Torcy nos positions, nos hommes les gardent ou lorsqu'ils les ont perdues, s'empressent de les reprendre.

En ces jours épiques, il ronfle un vent d'héroïsme qui n'a jamais été surpassé ni même égalé à aucune autre époque de notre histoire.

ALLONS, MES DIABLES BLEUS!

E N arrivant avec ses chasseurs devant la ferme de Nogeon où l'on se bat depuis le petit jour, le capitaine Letellier, en tête des sections, fait déployer les hommes dans les champs. Chaque soldat a les yeux fixés sur le chef dont la silhouette se découpe sur la clarté du ciel.

La compagnie gravit une petite colline. Les pipes se sont éteintes. Le silence est impressionnant.

Tout à coup, à droite, éclate une fusillade.

Letellier lève son sabre.

— Allons, mes diables bleus, en avant! Pas de charge!

Ils visent trop haut, fait observer un soldat, mais je ne les prierai pas de rectifier leur tir.

Presque pliés en deux, les chasseurs continuent à avancer.

Nouvelle rafale, terrible celle-là!

Les zim-zim des balles sont tellement rapprochés qu'on a l'impression d'un sifflement continu; des projectiles coupent les branches des arbres, d'autres s'enfoncent en terre ou ricochent sur des cailloux. Des hommes tombent.

— En avant! en avant! crie le capitaine.

— Allons la troisième. Allons, la quatrième, commandent les chefs de section.

La tranchée boche d'où l'on tire est à cent mètres, à peine, mais les trois quarts des chasseurs sont par terre. Letellier commanda :

— Espacez-vous!

Alors il se produisit un flottement.

Letellier a la conviction qu'il va être tué, mais en ce moment cela ne lui importe guère. Il est des instants où tout ce qui d'habitude vous tient le plus à cœur même sa propre vie, vous est devenue à peu près indifférent. Il se sent donc plein de sang-froid, il est admirablement maître de lui et il rallie ses chasseurs comme s'il était sur le champ de manœuvre.

Maintenant les hommes, électrisés, se rejoignent en courant, dociles à la voix du chef qui a la certitude d'emporter la ferme.

Letellier les dénombre du regard. Combien sont-ils? Une trentaine tout au plus.

— En avant!

La ligne ondoyante des chasseurs s'ébranle.

Le fourrier qui est à la droite du capitaine, paraît buter, s'abat raide d'une balle au front. Ceux qui tombent sont aussitôt remplacés.

Il y eut un court et terrible combat; soudain, s'ouvre le feu de nos 75; le désordre se met dans les rangs ennemis; ils reculent!

— Vive la France! s'écrie le capitaine Letellier brandissant des deux mains un drapeau allemand noir de poudre, déchiqueté, la hampe à demi brisée que lui apporte un caporal de dix-huit ans.

— Vive la France! répond comme un écho un chasseur qui achève de mourir.

Le soir tombe. Il pleut. Les quelques survivants de la compagnie de Letellier campent dans des granges à demi-incendiées. On entend la chanson monotone de la pluie sur les chaumes, un bruit de choses invisibles qui glissent. Le vent s'est apaisé et l'air immobile est lourd. Il plane une odeur de mort.

Au bord des champs, les arbres noirs prennent des formes inquiétantes. Un sourd grondement de tonnerre dans la direction du nord-est. C'est le canon qui tire les derniers coups de la journée.

LES PRISONNIERS ALLEMANDS

UN convoi de prisonniers boches que l'on évacue sur l'arrière traverse le village de Nogeon escorté par des sous-officiers français. La pluie a cessé et les chasseurs sortent de leur cantonnement pour regarder passer les prisonniers. Si le soldat allemand est un enfant un peu stupide, l'officier, par contre, se croit d'une essence supérieure à celle du reste de l'humanité. Tous, depuis le plus jeune lieutenant frais émoulu de l'école-militaire, jusqu'au major blanchi sous le harnais, tous mécaniquement, se dressent dans une attitude de suprême dédain. Les officiers blessés eux-mêmes, malgré la soif qui les dévore, conservent assez d'énergie pour refuser le quart d'eau qu'un sentiment naturel de pitié voudrait leur offrir.

Letellier, qui, en vrai chef français, aime ses hommes d'une affection rude et profonde, est scandalisé en constatant que les soldats boches ne sont pour les chefs qui les commandent qu'un troupeau d'esclaves.

On commanda une halte de deux heures, car il fallait laisser reposer les blessés et donner à tous un peu de nourriture. Il faut leur prêter les ustensiles de cuisine nécessaires à la cuisson de la soupe et du rata. Nos chasseurs gais, vifs et bavards, s'étonnaient du silence des boches. Ils étaient taciturnes et non point tristes, et tous doués d'un formidable appétit. Le repas leur parut tellement exquis qu'ils s'en léchèrent les doigts en poussant des grognements de plaisir. Aux plus faibles, on donna du vin, et alors rien ne fut plus drôle que de voir les yeux allumés de convoitise des camarades qui ne participaient point à cette lippée.

TERRIBLE JOURNÉE

DANS cette journée du 6, l'armée de Maunoury refoula vigoureusement le 4ᵉ corps de réserve placé en flanc-garde par von Kluck. Mais ce général, pour parer au mouvement tournant, modifia son ordre de bataille. Ses forces hasardées au sud accoururent vers lui à toute vitesse ainsi que les forces rappelées de Compiègne et de Belgique.

Cependant nos troupes à nous, sont pleines de courage et nous avançons jusqu'à midi, mais la 45ᵉ division, qui attaque dans la direction de Varèdes, est arrêtée par les tirs de barrage, et le 7ᵉ corps, malgré des efforts désespérés, est repoussé de Betz-en-Thury-en-Valois.

Le bataillon de Letellier ou, du moins, ce qu'il en reste, est toujours engagé. Les hommes sont déployés en tirailleurs depuis le matin derrière les lignes des buissons que balaye une pluie continuelle d'obus, qui passent avec un sifflement cinglant terminé par un coup de tonnerre.

La journée est splendide, le soleil radieux, et Letellier pense combien ce pays doit-être délicieux quand on y vient en visiteur pacifique.

Le commandant V... donne l'ordre à deux sections de se
porter dans un petit bois, immédiatement soutenues par deux
autres sections dont l'une est commandée par Letellier. A peine
les premiers éclaireurs sont-ils rentrés dans le bois qu'une fusillade commence, accompagnée de cris, d'appels sauvages.

Le commandant V..., pâle, très ému, a crié :

— A la baïonnette!

Mais au premier mouvement qu'il fait pour se lancer
en avant, il tombe... Pauvre commandant! la tête renversée, les
genoux pliés, il est emporté à travers les balles par deux de ses
hommes qui le portent sous le bras. Avant de mourir, il dit :

— Vous remercierez mon bataillon pour moi. Vous prendrez
les ordres du capitaine Letellier. Puis il rendit le dernier souffle.

Pendant des heures, on se battit de part et d'autre avec une
fureur extrême. Tout à coup, on constata avec étonnement qu'il
faisait déjà nuit. La moitié des lieutenants et sous-lieutenants
étaient tués ou blessés et l'on ne savait pas combien d'hommes
manqueraient au prochain appel. Où couchera-t-on ce soir?

Le canon s'est tu depuis un moment. Il y a bien quelques
coups de fusil tirés de temps en temps, mais on devine que le
combat en restera là pour aujourd'hui.

Le 8 au matin, les Allemands multiplient leurs attaques
contre le 7° corps qui forme notre gauche et une série de combats
se livrent à Acy-en-Multien et à Puisieux. Peu à peu, malgré
une résistance désespérée, notre ligne abandonne la direction
sud-nord pour se courber vers l'ouest.

Nous reculons.

Kluck a reçu ses renforts, mais il les juge insuffisants et il en
réclame sans cesse de nouveaux.

Maunoury, à la vérité, reçoit aussi des renforts, tout le
4° corps commandé par le général Boëlle, enlevé à l'armée
Sarrail, est rapidement porté à l'autre extrémité du champ de
bataille. Mais arrivera-t-il à temps? Les troupes qui se battent
depuis trois jours, sous un soleil torride, sans repos et presque
sans nourriture, sont épuisées.

Kluck a donné l'ordre de faire sauter les ponts de la Marne.

Maunoury est menacé d'être tourné. La situation est difficile;
malgré notre héroïsme, notre espoir de vaincre est de plus en plus
minime car nous avons à lutter contre des forces dix fois supé-
rieures aux nôtres. Nous apprenons que Nanteuil-le-Haudoin est
enlevé par les Allemands, malgré l'héroïsme du 4° corps.

Nos soldats se battent toute la nuit; physiquement, ils sont exténués. La bataille continue.

Le général Joffre, qui suit anxieusement les mouvements rapides de von Kluck, sait le prix des heures.

LES AUTOS-TAXIS

L E soir tombe, la campagne s'assombrit.

Sur les champs dévastés, au bord des routes, des cadavres de soldats et de chevaux. Au loin dans la plaine, se silhouettent de petites ombres penchées vers le sol. Ce sont les sapeurs du génie employés à la lugubre corvée de l'enfouissement des morts... Dans la campagne, on aperçoit partout des voitures renversées ou brisées, des morceaux de caissons d'artillerie mis en pièces par les obus. Une odeur de poudre et d'incendie arrive par bouffées. Quelques plaintes de mourants se mêlent au brouhaha des soirs de bataille. Là-bas, un chien hurle lugubrement.

Bientôt la nuit vient toute constellée.

Des chariots, des prolonges, des fourgons, cheminent sur les routes et même à travers champs, mais, parfois, ces convois s'arrêtent soudain : une fusée éclairante a jailli inondant tout le paysage.

Devant la compagnie commandée par Letellier passe un char traîné par des bœufs et qui cahote en gémissant à toutes les ornières. Ce char est empli d'un monceau de cadavres et les bras des morts tendus en oscillant vers les camarades, les têtes qui tremblent, répètent le même geste de supplication et de désespoir.

Des blessés défilent aussi sur des voitures d'ambulance et Letellier reconnaît un petit engagé volontaire de sa compagnie qui avait reçu deux balles en pleine poitrine. Il mourait honnêtement sans faire entendre une plainte, il avait enfoncé son képi sur ses yeux pour empêcher peut-être qu'on ne lût dans son regard une trop vive expression de souffrance, le sang coulait jusque sur son pantalon bleu, inondant ses jambières.

Les hommes saluèrent militairement et le capitaine Letellier dit quelques mots à ce pauvre petit troupier dont la figure, malgré les douleurs suprêmes de l'agonie, essayait encore de trouver une expression de reconnaissance.

Les rumeurs ce sont en partie éteintes. Il ne fait pas encore jour.

Brusquement, sur la route principale où se déverse sans arrêt le torrent de convois, surgissent les feux violents des phares d'une automobile qui arrive à toute vitesse.

— Allons, à droite, rangez-vous.

— C'est un général, pensent les soldats.

Mais perçant les ténèbres du rayon violent de ses projecteurs une autre automobile, puis une autre encore se succèdent toutes frémissantes.

Presque aussitôt on voit la route remplie de lueurs courant à toute vitesse les unes derrière les autres et si pressées, si nombreuses que la nuit en est éclairée. C'est un long ruban de lumière qui se déroule à perte de vue.

Letellier regarde avec stupéfaction cette théorie immense de fanaux allumés.

— Mais, se dit-il, ce sont les taxis de Paris.

Coupés automobiles, voitures de place de la capitale, vont à la guerre. Il y en a par milliers. Elles se suivent pleines de soldats, environ 20.000 expédiés par le général Galliéni... La réquisition avait été extrêmement rapide, si rapide même que la grande majorité des Parisiens ignora, jusqu'à ce que les journaux l'eussent révélé, ce mode tout moderne de transport. Tous les soldats disponibles partirent vers l'Ourcq; la 62ᵉ division débarquant à Paris fut aussitôt jeté également dans la bataille. Les poilus pleins d'entrain, ravis de cette balade nocturne et qu'égayait cette façon peu banale de guerroyer, disaient : « On les aura! demain nous serons vainqueurs! »

La décision qui avait été prise si rapidement par le gouverneur militaire de Paris, son coup d'œil extraordinaire, l'appoint des combattants qu'il sut apporter à l'heure psychologique qui allait décider la victoire française, lui assurent une place très brillante parmi les plus grands capitaines.

LA VICTOIRE

L E général Boëlle, qui a reçu l'ordre, le 9 au soir, de mourir plutôt que de reculer d'une semelle, fait sonner la charge le lendemain, dès l'aube.

Furie héroïque de nos soldats. Ouragan de fer et de feu.

Cependant il y eut un moment de flottement.

Nos soldats, qui tiennent depuis quatre jours sous une pluie de mitraille épouvantable, n'ont pas seulement à souffrir de l'extême précision du tir de l'artillerie ennemie; le ravitaillement, ces derniers jours, étant devenu impossible, ils ont faim; ils ont soif, ils tombent de lassitude.

Le général X a même perdu tout espoir. Il regarde, ployé sur son cheval, sa pauvre brigade, quand arrive Galliéni qui lui dit :

— Qu'attendez-vous là ?

— Mon général, mes hommes n'ont rien bu ni mangé depuis trente-deux heures, pas dormi depuis quatre jours. Je ne puis rien en faire.

Galliéni regarde fixement son subordonné et demande de sa voix blanche :

— Faut-il que je vous aie entendu ? Si je vous ai entendu, vous savez ce que cela représente pour vous.

Le général X... se remet d'aplomb en selle et répond :

— Vous ne m'avez pas entendu, mon général.

Et la brigade rassemblée, repart.

Letellier en tête de sa compagnie était parti en éclaireur jusqu'à un petit plateau en forme de cirque. Tout alentour, ronflaient les tonnerres de l'artillerie. De petits nuages ronds enflaient, s'élevaient, se déchiraient, pendant que l'écho des explosions roulait dans la plaine. Un éclat de fer tournoya, faucha les ronces, projeta des pailles et des pierres. Les fusils claquaient, la mitraille, autour de lui, couchait les chasseurs.

Tout à coup, Letellier reçoit sur l'épaule un coup violent qui le fait pirouetter et le renverse. La douleur est pointue et profonde.

La ligne des tirailleurs passe, toute la compagnie passe et lui demeure là par terre, étourdi, anéanti.

Un instant après, il sentit quelque chose de chaud et de froid ensuite qui ruisselait le long de sa poitrine. C'était du sang. Le bras droit avait été cassé vers l'articulation. Il se releva, un obus ricochant à ses côtés, le saupoudra de terre menue tandis que les balles bourdonnaient comme de véritables mouches à miel.

— Holà! fit-il en s'élançant vers une autre direction, une balle de convalescence me suffit.

Et il exécuta une fugue au pas de gymnastique dans la direction du poste de secours; son bras qui saignait abondamment était lourd comme du plomb .

En arrivant le médecin-major Malbot, un de ses amis, l'examine et lui donne à boire.

Les douleurs dans l'épaule, douleurs térébrantes et continues devenaient de plus en plus aiguës.

— Ça commence à mordre, lui dit le médecin.

— Oui et dur, mon vieux.

— En effet, tu as pris un coup de soleil à l'envers. Tu as la figure peinte en rayon de lune. Nous allons voir ta blessure.

— Donne-moi d'abord ma pipe, qui est dans la poche de ma vareuse.

Et Letellier se mit à fumer.

Tout à coup il lance un juron, un juron de contentement :

Après une longue aspiration de fumée, il sent quelque chose de froid, de lourd et de rond qui, sortant de sa manche, roule sur son poignet et glisse dans le creux de la main.

— La voilà la mouche qui m'a piqué, tiens regarde.

— Elle conserve des traces d'applatissement, fit Malbet en examinant la balle, tu dois avoir des esquilles dans l'épaule, fais voir.

Et le bourreau, dilatant l'orifice de la plaie à l'aide de son doigt, y fouilla longtemps, égratignant les chairs et faisant craquer des fragments d'os.

— Allons, ce ne sera pas trop grave, j'espère, dit le major. Puis il plaça un pansement iodé sur la blessure, l'entoura d'une bande de toile.

Le lendemain, au petit jour, un médecin à quatre galons arrive tout joyeux et s'écrie :

— Les boches fichent le camp! Ils viennent de prendre le large. Nous sommes vainqueurs! Il paraît que les Anglais et l'armée de Franchet-d'Esperey allaient culbuter l'ennemi à revers. Il a préféré se sauver.

Le miracle de la Marne commençait, miracle de résolution et d'énergie de la part des chefs, miracle d'endurance et d'entrain de la part des troupes, et au-dessus de tout, miracle dû à la force des âmes, miracle de la France qui ne voulait pas périr, miracle de la loi immanente des choses qui ne voulait pas que la France pérît.

Ce jour-là fut un grand jour. Depuis l'Ourcq jusqu'à la Marne, nous étions vainqueurs.

LA MORT DE GALLIÉNI

Le 27 mai 1916, une nouvelle se répand en France et dans le monde entier : Galliéni est mort.

Le célèbre général venait, en effet, d'expirer à Versailles à la clinique de la rue de Maurepas, où le 20 avril, il avait été opéré d'une tumeur maligne.

On fit tout pour sauver ce grand soldat.

Le docteur, qui le soignait, voulut tenter la transfusion du sang, mais Galliéni refusa ce généreux secours. On n'a pas dit le nom de celui qui offrit son sang pour essayer de prolonger l'existence de l'illustre malade : Ce fut le docteur Marion lui-même.

Au nom de la France entière et de tous les peuples alliés, Paris fit des funérailles grandioses à Celui qui sauva la capitale au moment où le sort d'une guerre décidait de l'avenir du monde.

La présence du Président de la République, de l'archevêque de Paris, l'exposition du corps pendant trois jours dans la chapelle martiale des Invalides, sous la splendide rangée des fenêtres que Mansart semble avoir ouvertes à coups de boulets dans des poitrails d'armures; le salut de l'armée qui défile, suprême hommage des troupes qu'il conduisit à la victoire; tous ces honneurs ne font qu'accentuer le regret éprouvé par la foule qui croit revivre les journées de septembre 1914 où la ferme résolution de Galliéni sauva Paris et la France.

On disait : Quel grand général! quel noble caractère! mais ceux qui l'avaient connu, qui avaient vécu dans son intimité ajoutaient : Quel brave homme et quel cœur excellent!

SUPRÊME ADIEU

TROIS jours après sur les bords de la Méditerranée qui flamboie sous le soleil de mai, le petit cimetière de Saint-Raphaël s'assoupissait dans la tiédeur du soir entre les deux azurs du ciel et de la mer.

Le commandant Edmond Letellier et sa compagne ont franchi le seuil du champ funéraire, ils se sont arrêtés devant la tombe du général Galliéni.

Pendant que Louise répand une pluie de fleur sur le mausolée, Letellier pleure tout bas en contemplant cette pierre blanche encore toute neuve et qui lui scelle à jamais ce qu'il a le plus aimé au monde.

L'illusion que nous cherchons toujours, même à travers nos pires douleurs, le leurrait encore, lui faisait presque croire que l'ami qui dormait là prenait en pitié ses larmes. Il lui semblait entendre des paroles de réconfort et d'espoir :

— J'ai fini ma tâche, fais aussi la tienne. Aime la France de tout cœur. Ni toi, ni moi ne comptons, la Patrie est tout!

FIN

Pour paraître vendredi prochain :

LES VITRIERS A BEZONVAUX

www.ingramcontent.com/pod-product-compliance
Lightning Source LLC
Chambersburg PA
CBHW072259210626

46818CB00017B/1856